ANNE FINE

Nadolig y Bwsi Beryglus

Darluniau
Steve Cox

Addasiad
Gareth F. Williams

RILY

Nadolig y Bwsi Beryglus
ISBN 978-1-84967-231-3

Cyhoeddwyd gan Rily Publications Ltd
Blwch Post 257
Caerffili CF83 9FL

Addasiad gan Gareth F. Williams.
Hawlfraint yr addasiad © RILY Publications Ltd 2016

Hawlfraint y testun gwreiddiol: © Anne Fine 2009
Hawlfraint y darluniau: © Steve Cox 2009

Cyhoeddwyd gyntaf ym Mhrydain yn 2009 gan Puffin Books. The Penguin Group.
Penguin Books Ltd, 80 Strand, Llundain WC2R 0RL.
Cyhoeddwyd yn wreiddiol yn Saesneg dan y teitl *The Killer Cat's Christmas*.

Cysodwyd mewn 17/21 pt Bembo
gan Wasg Dinefwr, Llandybïe, Sir Gaerfyrddin
Argraffwyd a rhwymwyd ym Mhrydain
gan CPI Group (UK) Ltd, Croydon, CR0 4YY

Cyhoeddwyd gyda chymorth ariannol
Cyngor Llyfrau Cymru.

www.rily.co.uk

NADOLIG Y
BWSI BERYGLUS

Hefyd yng nghyfres

PWSI BERYGLUS

Dyddiadur Pwsi Beryglus

Gwyliau'r Bwsi Beryglus

Dial y Bwsi Beryglus

Parti Pen-blwydd y Bwsi Beryglus

Cynnwys

Pennod 1   Ofnadwy, erchyll, ffiaidd! 1

Pennod 2   'O, gwych a gwychach!
Hopyrs!' 6

Pennod 3   'Y Nadolig cyfan mewn
llety cathod!' 14

Pennod 4   Syrpréis, syrpréis! 19

Pennod 5   Broga mewn ffrog briodas 24

Pennod 6   Sgrechfeydd a dagrau 30

Pennod 7   Plwcio'r we pry copyn 35

Pennod 8   Hela llygod hanner marw 45

Pennod 9   Yn noeth ar y gwaelod 51

Pennod 10   Arian siocled a selsig 55

Pennod 11   Cawodydd o fwyd 61

Pennod 12   Seren y sioe 67

Pennod 13   Y dylwythen deg newydd 77

1: *Ofnadwy, erchyll, ffiaidd!*

OCÊ, OCÊ! – rhedwch o 'ma dan feichio crio, ond wnes i ddim lladd y gwyfyn hwnnw'n *fwriadol*. Nid arna i roedd y bai. Mae'n wir mod i wedi ymestyn fy mhawen a rhoi ambell waldan iddo fo. Ond roedd o'n mynd *ar fy nerfau*, yn fflapian o gwmpas fy wyneb drwy'r amser.

A dwi ddim yn hollol siŵr a ydi o wedi
marw, beth bynnag. Hynny yw, mi welis
i fo'n rhyw fflapian i ffwrdd, yn gam i
gyd. Ond mi ddiflannodd ar ôl hynny.
Hyd y gwn i, mae'r peth yn dal i fod yn y
tŷ yn rhywle, yn meindio'i fusnes ei hun
ac yn gwibio i lle bynnag mae o eisiau.
Nid fel fi, dan glo, mewn cywilydd yn y
garej yma, ar ôl Nadolig ofnadwy.

Felly dowch, gofynnwch i mi. 'Annwyl Twffyn bach, *pam* oedd dy Nadolig yn un mor ofnadwy?'

Ac mi egluraf: oherwydd nid gŵyl wedi'i chreu ar gyfer cathod ydi hi. Meddyliwch am y peth. Dyna i chi goeden nad ydan ni'n cael ei dringo.

A'r holl addurniadau, a ninnau ddim yn cael cyffwrdd ynddyn nhw.

A beth am yr holl filltiroedd o dinsel gloyw, disglair yn hongian – a'r cyfan fymryn yn rhy uchel i ni fedru eu cyrraedd? A'r holl anrhegion wedi'u lapio mewn papur lliwgar . . . does wiw i ni fynd ar eu cyfyl nhw.

Ac os ydan ni'n hynod anlwcus, hen eira oer, gwyn ac ych-a-fi dros yr ardd i gyd. Na. *Nid* fy hoff amser o'r flwyddyn. Dowch, 'ta. Gofynnwch y cwestiwn nesaf. 'Ond, Twffyn, be yn y byd *ddigwyddodd*? Pam wyt ti wedi cael dy gloi y tu mewn i'r garej?'

Mi ddweda i wrthoch chi. Oherwydd roedd y Nadolig eleni yn waeth nag arfer, hyd yn oed. Roedd y Nadolig eleni'n ofnadwy.

Yn ddychrynllyd.

Yn ddifrifol.

Yn ddiflas.

Aeth popeth o'i le.

Ofnadwy, erchyll, ffiaidd. Dyna i chi be oedd o.

A dyma i chi'r stori gyfan.

2: 'O, gwych a gwychach! Hopyrs!'

CYRHAEDDODD Y CAR y tu allan i'r tŷ a
byrlymodd pawb ohono fo, fel arfer. Ein
hymwelwyr Nadolig – sef Ann, modryb
Elin, a'i gŵr, Breian, a'r efeilliaid sopi.

Dwi'n casáu cael ymwelwyr yma. Maen
nhw'n sodro'u penolau ar y cadeiriau
mwyaf cyfforddus. Maen nhw'n gadael
eu cesys dillad yn fy hoff gorneli. Maen
nhw'n gwthio eu dillad i mewn i'r union
gypyrddau lle bydda i'n hoffi cael pum
munud bach tawel. Mae eu traed mawr
blêr yn mynnu baglu dros fy mowlen fwyd.

Ond mae Elin yn dotio ar eu cwmni
nhw. Roedd hi'n ysu am gael rhuthro
allan o'r tŷ i gyfarch ei chyfnither a'i

chefnder. 'Trystan! Esyllt! O, dwi mor falch eich bod chi yma!'

Efallai ei bod *hi'n* falch eu bod nhw yma. Ond mae gen i fymryn o frêns yn fy mhen, felly do'n i ddim mor hapus. Wrth iddi hi redeg i un cyfeiriad, sleifiais i gyfeiriad arall er mwyn dod o hyd i rywle da i guddio.

Fe'u clywais yn llusgo'u cesys i mewn i'r tŷ. 'Lle mae Twffyn? Mae'n rhaid i ni gael deud helô wrth yr hen Dwffyn bach del!'

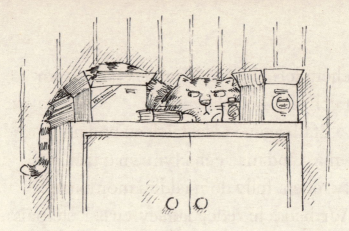

Dyma nhw'n chwilio drwy'r tŷ. Ond
ro'n i'n gorwedd yn fflat ar ben y
cwpwrdd yn y cyntedd. Mi fethon nhw
ddod o hyd i mi, felly ymhen hir a hwyr,
rhoddon nhw'r ffidil yn y to.

'Anghofiwch am Twffyn am ychydig,'
meddai Trystan. 'Be am wneud rhywbeth
arall – fel chwarae ar yr hopyrs bownsi.'

'O, gwych a gwychach! Hopyrs!'

Rhuthrodd y tri o'r stafell. Ffiw! Neidiais
i lawr o ben y cwpwrdd a mynd i fyny'r
grisiau. Roedd ffenest y stafell ymolchi yn
gilagored, felly sleifiais drwyddi a threulio
hanner awr fach dawel ar ben to'r garej, yn

sbecian ar y tri ohonyn nhw'n bownsian i fyny ac i lawr y buarth, gan afael yn dynn yn y clustiau rwber. Tipyn o hwyl. Roedd Elin yn syrthio i ffwrdd bob gafael. Ond yna dechreuodd Esyllt ganu rhyw gân fownsian wirion roedd hi wedi'i chreu am 'lygod bach llwyd mewn twll eisiau bwyd'.

Roedd hyn yn dân ar fy nghroen, felly i ffwrdd â fi. Cerddais yn ofalus ar hyd cangen y goeden a neidio i lawr ar y ffens.

Ond gwelodd Esyllt fi. 'Twff-yn! Twff-yn!'

Bownsiodd am y ffens mor gyflym nes iddi fethu stopio. Ai fy mai *i* ydi o fod y ffens yn beth simsan? Do'n i ddim wedi bwriadu gwthio fy nghrafangau bach miniog allan wrth i mi siglo'n ôl ac ymlaen yn trio dal fy ngafael ar y ffens.

Na chwaith eu gwthio allan wrth i mi syrthio oddi ar y ffens, ar ben ei hopiwr.

PWWWWwwwwfff . . .

Ocê, ocê! Felly pwmpiwch wynt i mewn i mi a chlymu cwlwm ynof i. Mi grafais dwll mawr yn hopiwr Esyllt. Ond yn enw'r tad, damain oedd hi! Nid arna i roedd y bai fod y peth wedi crebachu i gyd oddi tani, a'i bod hi wedi syrthio i'r llawr.

Brysiais i guddio dan y llwyn drain. Rholiodd Esyllt drosodd ar ei phedwar a dechrau brefu i mewn i'r dail. 'O, Twffyn, cariad! Dwyt ti ddim yn cofio pwy ydw i?

Fi sy 'ma – Esyllt. Mae Trystan yma hefyd. O, plis tyrd allan er mwyn i mi gael rhoi cwtsh i ti.'

'Ia,' adleisiodd Trystan. 'O, Twffyn cariad. *Plis* tyrd allan.'

O do, mi ddois i allan. Ond ar yr ochr arall, ac yn syth yn ôl i fyny'r ffens. Oddi yno, neidiais i fyny i ben to'r garej, ac i mewn i'r tŷ drwy ffenest y stafell ymolchi. Dowch, ta! Berwch fi mewn bath o fybls! Efallai'n wir nad o'n i *cweit* mor ofalus ag arfer wrth gerdded ar hyd sil y ffenest. Efallai'n wir fod rhai o'r poteli siampŵ swanc a'r eli drewllyd wedi syrthio i'r llawr. Ond nid *y fi* a'u rhoddodd nhw ar y silff heb eu caeadau. Felly sut o'n *i* i fod i wbod eu bod nhw am greu coblyn o lanast – pwll sticlyd anferth a drewllyd o ewyn a sebon? Y cwbl a wnes i oedd trio dod o hyd i rywle lle y cawn i fymryn o heddwch.

A hwyrach mai syniad go wael oedd
dewis cuddio o dan ffrog mam Elin – ei
ffrog barti orau, lliw arian. Ond nid *y fi* a
dynnodd y dilledyn gwirion oddi ar ei
hangyr. Syrthio wnaeth hi ohoni ei hun
wrth i mi ruthro i mewn i'r cwpwrdd.
Iawn, efallai fy mod i wedi'i chrafangu hi
fymryn wrth drio setlo'n gyfforddus. Ond

sut wyddwn i y basa'r holl sîcwins arian
yn dod i ffwrdd? Nefoedd yr adar, 'mond
isio *napan* fach o'n i! Pam na chaiff anifail
anwes fel fi gael pum munud yn ei gartref
ei hun heb gael mam Elin yn eistedd
mewn un twmpath ar y carped, yn
beichio crio wrth bigo blew cath oddi ar
ryw hen ffrog wirion?

    Wir i chi. Nefi wen! Pa mor sopi ydi
hynny?

3: 'Y Nadolig cyfan mewn llety cathod!'

OND MI LWYDDODD yr holl fŵ-hŵio gwirion gan fam Elin fy neffro. Yna rhuthrodd Mr Piwis i fyny'r grisiau i weld beth oedd yn digwydd, a dechreuodd popeth droi'n ddrwg. Roedd 'na eiriau go gas i'w clywed.

'Y fandal blewog i ti!' chwyrnodd tad Elin. 'Y bwystfil afiach a sbeitlyd!'

Chwarae Mr Cŵl ro'n i, wrth godi un ael i'w gyfeiriad.

Mae o'n casáu fy ngweld i'n edrych fel nad ydw i'n hidio'r un iot, gan fflician fy nghynffon i'w gyfeiriad. 'Edrych beth wnest ti!' taranodd. 'Rwyt ti wedi troi ffrog ddrud a hardd yn hen racsyn di-ddim!'

Chwifiodd y 'racsyn' yn fy wyneb. 'Edrycha arni! Wedi'i rhwygo'n rhacs!'

Erbyn hyn roedd Elin wedi cyrraedd y llofft, efo Trystan ac Esyllt wrth ei chwt. Roedden nhw i gyd yn achub fy ngham.

'O, plis peidiwch â beio Twffyn!' ymbiliodd Trystan.

'Doedd o ddim wedi bwriadu difetha'r ffrog!' mynnodd Esyllt.

'Wedi cynhyrfu mae o, am fod gynnon ni ymwelwyr,' eglurodd Elin wrth ei thad.

Ond doedd Mr Beio'r-Gath-Am-Bopeth ddim am dderbyn hyn. Ysgydwodd ei fys dwrdio at Elin. 'Paid ti â chredu hynny! Mae'r sgerbwd blewog yma'n gwbod beth mae o'n ei wneud, i'r dim. Ac mi ddeuda i hyn hefyd – basa'r tŷ yma'n nefoedd ar y ddaear tasan ni'n gneud y peth call a gofyn i'r milfeddyg . . .'

Chlywais i mo'r geiriau diwethaf. Roedd
Elin wedi rhoi hymdingar o sgrech, gan
daro'i dwylo dros fy nghlustiau.

Gwingais yn rhydd mewn pryd i glywed
diwedd ei fygythiad nesaf: ' – neu dreulio'r
Nadolig cyfan mewn llety cathod!'

I fyny eto â dwylo Elin. Y tro hwn, pan
lwyddais i dynnu fy mhen yn ôl, yr unig
eiriau a glywais oedd: ' – y tu mewn i gaets
cadarn!'

Roedd Elin bron yn ei dagrau. Felly
hefyd Trystan ac Esyllt.

'O, *plis* peidiwch â deud hynny, Yncl Siôn!'

'Na, peidiwch â deud hynna!'

Ond roedd tad Elin yn dal i fod yn lloerig. 'Wel, yn fy marn i . . .'

'Na!' bloeddiodd Elin. 'Mi wnawn ni'n tri edrych ar ôl Twffyn! 'Sdim rhaid i chi boeni. Mi wnawn ni ei gadw fo'n ddigon pell oddi wrthoch chi.'

Ond roedd ei thad yn gwgu o hyd. 'Ac yn ddigon pell oddi wrth y dillad yn y cypyrddau? A'r goeden Nadolig? A'r bwyd i gyd? A'r holl anrhegion a'r addurniadau?'

'Ia! Wnaiff Twffyn ddim difetha *unrhyw beth arall*, dwi'n addo!'

Neidiodd Elin amdanaf. A chan fy mod, am unwaith, yn teimlo mai doethach fyddai mynd o'r stafell, gadewais iddi hi fy nghodi a'm cludo oddi yno, i lawr i'r parlwr, yn ddigon pell oddi wrth Mrs Llygaid-Yn-Goch-O-Hyd, a'i rhacsyn o ffrog, a Mr Piwis-Go-Iawn.

4: *Syrpréis, syrpréis!*

FELLY DYNA I CHI sut y bu i mi
eistedd ar soffa'r parlwr fel angel y
pentan, tra bod Trystan ac Esyllt yn
glafoerio a dotio at fy nghlyfrwch a'm
prydferthwch.

'O, Twffyn, rwyt ti mor hardd!'

'Mae dy ffwr di mor *feddal*.'

'Ac rwyt ti mor *glyfar*.'

'Hen dro nad oes cath gynnon *ni*.'

'O, Elin! Rwyt ti *mor* lwcus!'

Ac ymlaen . . . ac ymlaen. Dioddefais
hyn am ryw funud neu ddau, cyn
penderfynu ei bod yn amser i mi fynd,
felly dyma fi'n codi.

Fel tair mellten, rhuthrodd y tri ohonyn
nhw i'm rhwystro. Ro'n i'n gaeth.

'Na, Twffyn! Mi wnaethon ni addo!'

'Er dy les dy hun.'

'Mae'n rhaid i ti aros yma!'

Ceisiais wingo'n rhydd. Caeodd Esyllt
y drws a gofalodd Trystan fod y ffenest
dan glo. Gallai Elin fy ngweld i'n dechrau
mynd yn nerfus, felly, 'Hidia befo,'
meddai. 'Tyrd i ni feddwl am gêm i'w
chwarae.'

Chwarae? Beth goblyn ydi hi'n meddwl
ydw i? Rhyw belen fach o *fflwff*? Ond gan
ei bod wastad yn well cael gwbod yn union
beth sy'n digwydd, rhoddais y gorau i
wingo a dechrau gwrando. Beth oedd hi
am fod? Gêm o guddio? (Gobeithio ddim.
Y fi sy piau'r rhan fwyaf o'r mannau
cuddio yn y tŷ hwn – fi, *fi*.) Beth am
'Llofrudd yn y Nos'? (Troediwch arna i
mewn camgymeriad, ac mi grafa i eich
coesau!) Efallai mai dewis Tidliwincs

fyddan nhw. (Ond gan bwyll. Tidlwch chi un winc tuag ata i, ac mi fyddwch chi'n *gelain*.)

Syrpréis, syrpréis!

'Gallwn ni wneud sioe!' meddai Esyllt.

'Ia!' cytunodd Trystan. 'Dowch i ni berfformio sioe fach!'

Bownsian i fyny ac i lawr roedd Elin, gan guro ei dwylo. 'O, gwych a gwychach! Dwi wrth fy modd yn gwneud sioeau bach sbesial!'

Cochais drostaf. (Mae Elin yn rêl dreipan weithiau.) Ond meddyliais y cawn i o leiaf eistedd ar y ddresel a throi 'nhrwyn ar bopeth. Chwarae teg, allwch chi ddim dysgu cathod i actio a dawnsio. Fasa neb call yn trio. Efallai'ch bod chi'n gallu deud wrth gŵn be i'w wneud. Ond cathod? Byth!

Felly meddyliais y baswn i'n ddiogel. Ha! Fi oedd wirionaf.

5: Broga mewn ffrog briodas

GREDWCH CHI FYTH be benderfynodd y Tri Hurtyn ei wneud.

Ia. Fy lwc mul i. Creu sioe am hen rigymau a hwiangerddi sydd â chathod ynddyn nhw. Ydi'r hen lyfr rhacslyd plentynnaidd hwnnw yn dal i fod ar eich silff? Beth am i ni fodio drwy rai o'r caneuon babïaidd hynny roedd eich nain yn arfer eu crawcian pan oeddech chi'n dal i fod yn eich clytiau?

Dyna i chi 'Pwsi Meri Mew, Ble Collaist Ti Dy Flew?', wrth gwrs. A beth am 'Ding Dong Bell, Pussy's in the Well', ac un arall am ryw gath a feiolin sy'n llawn hen ddidl didls.

Heb sôn am yr un fwyaf cyfoglyd erioed, yr un Elinaidd, sopi honno ro'n i'n gweddïo eu bod nhw wedi'i hanghofio: 'Dwi'n Caru Pwsi Fechan, Mae Hi'n Fy Ngharu i'.

Rhowch gynnig ar ddyfalu pa gân ddewison nhw.

Ie, dyna chi. Honno dwi'n ei chasáu fwyaf. 'Dwi'n Caru Pwsi Fechan'.

Elin oedd seren y sioe hon. Dechreuodd yr efeilliaid ddeud wrthi beth i'w wneud.

'Gofala nad wyt ti'n gadael i Twffyn ddianc. Cofia'r hyn a ddeudodd dy dad.'

'Rho dy ben ar un ochr, a *gwena*.'

'Gwthia dy sgert allan. Mi fyddi di'n edrych fel tywysoges.'

O, go brin! Roedd Elin yn gwisgo'r ffrog barti ffansi-pansi honno oedd yn rhy fach o lawer iddi erbyn hyn. Os ydach chi isio fy marn i, roedd hi'n edrych yn

debycach i deisen hufen slwjlyd nag i dywysoges.

Mynnai'r Ddau Debot Mawr ei threfnu a'i haildrefnu. 'Rho dy fraich yn dynnach am Twffyn.'

'A dangosa dy fodrwy fach ddel. Dyna ti. O, Elin! Rwyt ti'n union yr un fath â chymeriad mewn stori dylwyth teg!'

(Roedd hi, hefyd. Fel broga mewn ffrog briodas.)

Yna dechreuon nhw efo *fi*.

'Paid â symud, Twffyn. Tria edrych yn hapus ar gyfer y sioe!'

Edrych yn hapus? Pam? Dyna lle ro'n i, yn cael fy ngwasgu'n rhy dynn, ac yn sownd o dan y goeden wirion honno. Roedd fy ffwr yn llawn o nodwyddau pin, ac roedd arna i ofn y byddai'r lwmpyn tew honno ar ben y goeden – y dylwythen deg – yn disgyn i lawr drwy'r brigau ac yn glanio ar fy mhen. Mae hi'n rhy fawr a thew o lawer ar gyfer y goeden. Ond Elin a'i gwnaeth hi yn yr ysgol feithrin, felly rydan ni i gyd yn gorfod smalio nad ydi'n ddim byd tebyg i rolyn o bapur tŷ bach, ac nad oes ganddi wep debycach i hen domato na thylwythen deg.

6: Sgrechfeydd a dagrau

REIT, O'R GORAU! Rhowch chwip din i mi!
Collais fy nhymer. Basach chithau wedi
colli'ch un chithau hefyd. (Ymhell cyn i mi
wneud, fwy na thebyg.) Ro'n i'n swp sâl ar
ôl i Elin fod yn rhoi mwythau ac yn ffysian
drosta i, gan brefu canu yn fy nghlust.

Y drafferth ydi, mae llais Elin fel llais un
o'r adar anffodus hynny sy'n swnio fel dau
frigyn yn cael eu rhwbio yn erbyn ei
gilydd. Yn wir, yn fy marn i, mae sŵn dau
frigyn yn rhwbio yn erbyn ei gilydd yn
fwy swynol o lawer na llais canu Elin.

Gan lapio'i breichau amdanaf,
dechreuodd ganu'r gân wirion honno am y
canfed tro.

'Dwi'n caru pwsi fechan, mae hi'n fy ngharu i,
Wnaiff hi fyth fy nghripio tra mod i'n ei charu hi.'

Wel, doedd hynny ddim yn wir, nac oedd? Oherwydd rhoddais gripiad go gas iddi. (Er, cofiwch, nid yn *fwriadol*. 'Mond codi fy mhawen wnes i er mwyn iddi hi roi'r gorau i'r mwytho. Felly sut o'n i fod i wbod ei bod hi newydd benderfynu y byddai ei sioe gymaint yn well petai hi'n

rhoi sws – yn gwbwl ddirybudd – ar fy nhrwyn?

Fi. Cath! Yn cael sws ar fy nhrwyn! Os ydach chi'n gofyn i mi, roedd hi'n *gofyn* am drwbwl.)

Fel y gallwch chi ddychmygu, roedd yna sgrechian ac roedd yna ddagrau. Rhuthrodd ei mam a'i thad a'i Hyncl Breian a'i Modryb Ann i'r parlwr i weld beth oedd yn digwydd. A dyna lle roedd pawb yn craffu ar y dropyn bychan, pitw bach o waed ar fraich Elin – basach chi angen *chwyddwydr* i'w weld o – ac roedd Yncl Breian yn rhedeg rownd a rownd mewn cylchoedd, yn gweiddi am y gynddaredd, neu *rabies*.

Y gynddaredd! Wel wir, do'n i ddim yn hoffi hynny, ar f'enaid i. Mae Elin wedi cael ei phigiadau i gyd. A pheth arall, cŵn gwallgof a slumod a ballu sy'n rhoi'r gynddaredd i chi, nid cath â thalent gerddorol sy wedi cael hen lond bol ar glywed rhywun yn canu fel dau frigyn yn cael eu rhwbio yn erbyn ei gilydd.

Dwi'n deud wrthoch chi, ro'n i mor flin nes i mi gerdded allan. Sylwodd neb, gan eu bod nhw i gyd yn dal i fod yn ffysian dros Elin. A dyna sut y bu i mi fod mewn cwpwrdd. Ar ben fy hun bach yn y tywyllwch. Dim ond dau lygad mawr yn syllu allan ac yn cuddio rhag pawb, neb yn fy neall, fel arfer, a ddim yn edrych ymlaen o gwbwl at Ddydd Nadolig.

Yn wir, ro'n i'n gobeithio i'r nefoedd y byddai'r holl syniad am sioe hwiangerddi'n cael ei anghofio am byth.

7: *Plwcio'r we pry copyn*

OND DIM FFASIWN beth. Yr unig beth
wnaethon nhw oedd sodro plastar ar fraich
Elin a symud ymlaen at hwiangerdd fwy
diogel.

Yr un Saesneg honno am y gath yn y
ffynnon.

Doedden nhw ddim yn bwriadu fy
ngollwng i waelod ffynnon *go iawn*, wrth
gwrs. Trystan ac Esyllt wnaeth greu'r
ffynnon tra bod Elin yn trio fy nhemtio i o'r
cwpwrdd gyda rhai o bastai samwn blasus
iawn Modryb Ann. (Mae hi mor swanc,
mae hi'n mynnu eu galw nhw'n *canapés*.)

Defnyddiodd yr efeilliaid hen focs i
greu'r ffynnon. Tynnodd y ddau ohonyn

nhw'r styfflau a gwasgu'r bocs yn fflat. Yna fe dorron nhw'r top i ffwrdd cyn gwneud cylch efo'r bocs a rhoi'r styfflau yn eu holau.

Ar ôl iddyn nhw baentio sgwariau bach llwyd ar y bocs, edrychai'n union fel hen ffynnon garreg. Cludon nhw'r 'ffynnon' i'r parlwr. Roedd hi'n ymddangos mai Trystan fyddai seren y sioe hon. Daeth o hyd i hen drowsus melfed coch yn y bocs gwisgoedd a phranciai o gwmpas y stafell yn canu *'Pwy ollyngodd y Pws i'r dŵr?'* a *'Pwy dynnodd y Pws o'r dŵr?'* drosodd a throsodd.

Ond wnaethon nhw ddim meiddio fy rhoi i yn eu ffynnon wirion.

'Arhoswch nes ein bod ni wedi ymarfer y gân,' meddai Trystan, gan edrych yn bryderus i'm cyfeiriad. 'Efallai basa hynny'n fwy diogel.'

'Ia,' cytunodd Esyllt. 'Gwell peidio rhoi Twffyn i mewn yn y ffynnon nes i ni gael pob dim yn iawn.'

Edrychodd Elin ar y plastar ar ei braich, ac yna arna i. 'Ia, Twffyn. Mi gei di fod yn y sioe *wedyn*.'

Ro'n i wedi cael hen lond bol ar glywed pobol yn deud wrtha i lle ro'n i'n cael mynd, neu ddim yn cael mynd, a hynny yn fy nhŷ fy hun. Gwingais fel llysywen ym mreichiau Esyllt.

Wedi dychryn, collodd ei gafael.

Neidiais yn syth i mewn i'w ffynnon hurt nhw.

Roedden nhw i gyd wedi gwirioni. 'O, Twffyn! Rwyt ti'n athrylith!'

Codais fy mhen ac udo'n uchel.

Mwy fyth o wirioni ganddyn nhw. 'Drychwch! Mae Twffyn yn gallu actio! Mae'n gallu smalio ei fod o'n sownd y tu mewn i'r ffynnon!'

'O, mae o mor *glyfar*!'

'Brysia! Cana dy gân, Trystan!'

Felly dechreuodd hwnnw weryru eto. '*Canwch gloch, gyfeillion! Mae Pws yn y ffynnon. Pwy ollyngodd Pws i'r dŵr?*' canodd.

Canodd y genod, '*Tomi Mawr o Fferm y Tŵr.*'

'*A phwy dynnodd Pws o'r dŵr?*' canodd Trystan.

'*Tomi Bach o Nant y Stŵr,*' canodd Esyllt a'r frân arall.

'Fi piau'r ddwy linell nesa!' meddai Trystan, gan ddechrau canu, '*O, am fachgen drwg ac aflan . . .*'

Ond torrodd y genod ar ei draws, '*. . . a geisiodd foddi Pwsi druan.*'

Aeth Trystan yn flin i gyd. 'Y fi ydi seren y sioe yma! Felly 'mond fi sy'n cael canu'r ddwy linell olaf ar fy mhen fy hun.'

'Pwy sy'n deud?' dadleuodd Esyllt. A dyma hi ac Elin yn morio canu efo'i gilydd er mwyn boddi llais Trystan:

'*A wnaeth 'run drwg i neb drwy'r wlad*
Heblaw i'r llygod ar fferm ei dad.'

Ces i lond bol ar wrando arnyn nhw'n canu ac yn dadlau, felly setlais i wylio clamp o bry copyn mawr blewog yn dringo o un o dyllau'r styfflau y tu mewn i'r ffynnon gardfwrdd, cyn mynd ati i greu gwe newydd sbon.

Dyna hwyl oedd pryfocio'r pry cop. Gadewais iddo wau ei we am ychydig, cyn estyn fy mhawen allan a phlwcio darn ohoni – nid yn ddigon caled i'w thorri, dim ond digon i wneud i'r corryn sboncio.

Gwau, gwau.
Plwc a *thwang*.
Sbonc, sbonc.

Hwyl go iawn. Dyma'i wneud o eto, ac eto. Ond un styfnig oedd y pry copyn hwn, yn benderfynol o wau ei we. Ro'n i mor brysur yn plwcio, prin y gwnes i sylwi fod y Tri Chantor Gwael wedi gorffen eu ffraeo gwirion ac wedi cychwyn arni eto.

'*Canwch gloch, gyfeillion!*' canodd Trystan yn uchel. '*Mae Pwsi yn y ffynnon!*'

'*Pwy ollyngodd Pws i'r dŵr?*' trydarodd Esyllt.

'*Tomi Mawr o Fferm y Tŵr,*' crawciodd y frân.

'*A phwy dynnodd Pws o'r dŵr?*' moriodd Esyllt.

A dyna i chi pryd y gwyrodd Trystan dros ochr y ffynnon er mwyn fy nhynnu i allan.

Wel, peidiwch â fy meio i am bopeth a ddigwyddodd wedyn! Dwi wedi deud wrthoch chi ddwywaith yn barod. Do'n i ddim yn *gwrando*. Roedd gen i fwy o ddiddordeb mewn plwcio'r gwe pry cop – ychydig yn fwy caled bob tro. Sut goblyn o'n i i fod i wbod y baswn i'n rhoi plwc *rhy* galed, a byddai'r pry copyn yn colli ei afael ar ei we ac yn hedfan i fyny i'r awyr?

Na chwaith mai tro Trystan oedd hi'n awr i ganu llinell nesaf yr hwiangerdd.

Gan agor ei geg yn llydan.

Yn llydan iawn, *iawn*.

Ocê, ocê! Sgrechiwch nerth eich pennau, bawb, dros y tŷ! Llyncodd Trystan *bry copyn*. Be am hynny? Dwi wedi'i weld o'n bwyta pysgodyn. Mae pysgod yn fwy o lawer na phryfed cop. (Ac mae llygaid crîpi ganddyn nhw.)

Ac mi fwytodd o borc neithiwr. A beth ydi hynny ond darn o ben-ôl mochyn wedi marw? Pam gneud yr holl ffwdan yma, felly, dros un pry copyn bach? A ph'run bynnag, roedd hwnnw eisoes y tu mewn i'w fol, yn cymysgu efo'i ginio fo. Felly doedd dim pwynt o gwbwl mewn

chwyrlïo rownd a rownd y stafell, yn
sgrechian a chyfogi a phoeri.

Roedd y pry copyn wedi setlo yn ei
gartref newydd.

Os oedd yr hawl gan rywun i gwyno,
yna gan y pry copyn druan oedd honno,
nid gan Trystan ffyslyd.

Fi oedd yn ei chael hi gan Esyllt ac Elin,
wrth gwrs. 'Twffyn, roedd hynna mor *gas*!'

'Dyna beth *ofnadwy* i'w wneud, fflician y
pry copyn yna i mewn i geg Trystan!'

'Trystan druan!'

Trystan druan? O, chwarae teg! Pam ddylai'r llo hwnnw gael y cydymdeimlad i gyd? Pwy yn union sy wedi gorfod treulio'r diwrnod cyfan wedi'i gloi mewn stafell efo'r Tri Sbiwch-Arna-I?

Fi, dyna pwy.

Felly beth am gydymdeimlo ychydig efo *fi*?

8: Hela llygod hanner marw

TRO ESYLLT ROEDD hi rŵan i fod yn seren y sioe.

'Pa hwiangerdd wyt ti am ei dewis?' gofynnon nhw iddi hi.

Roedd Esyllt wedi cynhyrfu'n lân. 'Dwi am ganu *Dywed, hen Bwsi, lle fuost ti'n awr? I weld y frenhines yn Llundain fawr.* Felly, mi ga i wisgo'r goron hyfryd, hardd honno sy yn y bocs gwisgo.'

(Dydi o *ddim* yn cymryd llawer i gynhyrfu'r tri yma. Da-da jeli ydi'r gemau ar y 'goron hyfryd, hardd' honno. Mi wn i hynny'n bendant gan fy mod i wedi'u llyfu nhw.)

Doedd Elin ddim yn hapus efo dewis Esyllt. 'O, plis paid â dewis honna. Bydda i wastad yn crio dros y darn sy'n deud,

'Be wnest ti, Bwsi, dan yr orsedd fawr?
Dychryn llygoden fach oedd ar y llawr.'

'Pam?' gofynnodd Trystan.

A bu distawrwydd. Syllodd y tri arna i fel taswn i'n rhyw ddihiryn – fel taswn i'n treulio fy *mywyd cyfan* yn hela llygod hanner marw o gwmpas y tŷ.

Cefais fy nigio, a bod yn onest. Ond gan eu bod nhw'n gwrthod ag agor y drws, mi es i eistedd o dan y goeden Nadolig, wrth ymyl yr anrhegion.

Ocê, ocê. Efallai fy mod i'n *pwdu*. Ond nid arna *i* mae'r bai fod fy nghynffon yn fflician o ochor i ochor. Cath ydw i, a dyna beth sy'n digwydd i'n cynffonnau ni pan fyddan ni'n flin. Mae fy nghynffon yn rhan ohona i. I mi, dim ond pen pella fy mhen-ôl i ydi hi. Dydach chi ddim yn treulio'r diwrnod cyfan yn sbio i weld beth yn union sy'n digwydd ym mhen draw eich pen-ôl, ydach chi? Wel, dydw i ddim chwaith. Felly sut o'n i i fod i wbod ei bod hi'n ymddwyn fel brwsh bach blewog, gan fflician y labeli bach gwirion o'r anrhegion ac o'r golwg, o dan y carped?

Mi gymerodd hydoedd iddyn nhw, ond o'r diwedd, *o'r diwedd*, mi ddewison nhw hwiangerdd arall ar gyfer eu sioe.

'"Tair Pwsi Fach Unig a Gollodd eu Menig",' penderfynodd Esyllt.

'Ia, perffaith!' meddai Elin. 'Mi fedran ni ddefnyddio Twffyn a dau degan meddal.'

'Defnyddio' Twffyn? Esgusodwch fi! Beth ydw i – lliain sychu llestri neu rywbeth?

Does yna neb yn mynd i fy 'nefnyddio' i.

Gwthiodd Trystan ei big i mewn. 'A bydd angen deuddeg o fenig bach del arnom ni.'

Edrychais arno. Menig? Ar fy mhawennau *i*? O, na. Na, na, na, na. Hyd yn oed tasan nhw'n fy ngwneud i'n Seren y Sioe.

Ond roeddan nhw eisoes wedi rhuthro i ffwrdd i chwilio am bopeth roedden nhw ei angen. Mi gefais ychydig o hwyl wedi iddyn nhw fynd, yn ymestyn i fyny er mwyn waldio ychydig o'r peli lliwgar oddi ar y goeden. Fel y gwnes i'r llynedd,

rhoddais bum pwynt yn wobr i mi fy hun
os oedden nhw'n syrthio i ganol yr
anrhegion, a bonws o bump os oedden
nhw'n rholio ar y carped.

Mi ges i gant ac ugain o bwyntiau.

Sgôr ardderchog! Yn well na'r llynedd, hyd yn oed. Ond dyna beth ddaw wrth ymarfer. 'Dyfal donc a dyr y garreg', meddai'r hen ddihareb.

9: *Yn noeth ar y gwaelod*

OCÊ, OCÊ, EFALLAI fod neb wedi'u
rhybuddio nhw cyn iddyn nhw ruthro'n
ôl i'r parlwr. Gall tri phâr o draed sathru
ar gryn dipyn o addurniadau cyn stopio'n
stond. Felly roedd yna greision gwydr
bach lliwgar ym mhobman, a'r cyfan
wedi'i sathru i mewn i'r carped. Bu rhaid
i dad Elin estyn yr hŵfyr, a threuliodd
mam Elin hydoedd yn pigo briwsion bach
arian o'r sliperi fflwfflyd roedd Modryb
Ann wedi'u gadael ger y soffa.

Distaw iawn a fu pethau wedi hynny,
heblaw am y grwgnach diddiwedd o
gyfeiriad tad Elin. 'Ro'n i'n *gwbod* y dylan
ni fod wedi sodro Twffyn mewn caets.

Drychwch ar y goeden yna! Am lanast!
Mae hi fwy neu lai'n *noeth* ar ei gwaelod
rŵan. Ac yn rhy llwythog ar ei phen.
Mae'n edrych yn ddychrynllyd.'

Digon hawdd oedd deud
bod Elin yn poeni mai yn y
llety cathod y byddwn i.
Meddai, 'Mi allen ni symud
rhai o'r peli uchaf roedd Twffyn yn
methu â'u cyrraedd, i lawr i'r brigau isaf.'

Ond roedd Mr Ches-I-Mo-Fy-Ffordd-Fy-Hun mewn tymer ddu iawn. 'Pam fasan ni'n gneud hynny? 'Mond er mwyn helpu'r bwystfil bach cythreulig i dorri'r rhai roedd o'n methu cyrraedd o'r blaen?'

Glywoch chi hynna? Dwi'n cael fy nghyhuddo o *bopeth*. Nid *fi* dorrodd y peli lliwgar. Yr unig beth a wnes i oedd gneud iddyn nhw rowlio o dan draed pobol. Ai fy mai i ydi o fod pobol yn rhy ddiog i edrych lle maen nhw'n rhoi eu hen draed mawr tew?

Rhoddais edrychiad oeraidd iawn iddo fo wrth iddo fynd allan. Yna, gan roi fy mhawennau dros fy nghlustiau, ceisiais beidio â gwrando wrth i Elin ac Esyllt a Trystan brancio o gwmpas y lle'n canu'r hen hwiangerdd hir, ddiflas honno am dair cath fach ffyslyd a dreuliai bob awr o'r dydd yn colli eu menig, yna'n cael hyd iddyn nhw, yna'n eu baeddu nhw, ac yna'n eu golchi nhw a'u sychu nhw a . . .

O, esgusodwch fi. Mae eu bywydau nhw mor ddiflas, mi es i gysgu dim ond wrth sôn amdanyn nhw.

Zzzzzzzzzzzzzz.

10: Arian siocled a selsig

Y NOSON HONNO, yn stafell wely Elin, doedd y Tri Thebot ddim yn gallu rhoi'r gorau i sibrwd yn gyffrous: 'Hwrê! Diwrnod Nadolig yfory!'

'Pan ddeffrwn ni, dyna lle fydd ein sanau ar waelod ein gwelyau!'

'Ac mi gawn ni selsig i frecwast!'

'Yna cawn agor ein hanrhegion o dan y goeden!'

'A bwyta cinio mawr, bendigedig!'

'A phwdin Nadolig sy'n wychach na gwych!'

'Yna bydd pawb yn dod trwodd i'r parlwr i wylio ein sioe!'

'Bydd o mor ffantastig!'

Gorweddais ar wely Elin. Rhoddodd ei breichiau'n dynn amdanaf. 'O, Twffyn. Dwi'n dy garu di gymaint!'

Dydi hi ddim cynddrwg, chwarae teg. Penderfynais ganu grwndi iddi hi am ennyd. Ro'n i'n eitha edrych ymlaen at weld y sanau, a deud y gwir.

Ond wyddoch chi beth? Reit yng nghanol y nos, dyma law anferth yn fy sgubo oddi ar y gwely a fy sodro ar y landin. 'Bydd y sanau yma'n fwy diogel hebddot ti ar eu cyfyl nhw.'

Wel, diolch yn fawr, Siôn Corn! Roedd y drysau eraill i gyd ar gau, felly gorweddais i lawr ar dywel cynnes a dynnais oddi ar y rac yn y stafell ymolchi. Doedd hi ddim yn noson rhy ddrwg, ond cefais fy neffro'n wirion o gynnar gan wichiadau lloerig. 'Drychwch! Mae Siôn Corn wedi llenwi ein sanau!'

'Arian siocled!'

'Llyffant bach sy'n neidio!'

'Llygoden degan sy gen i!'

O, plis! Faint ydi *oed* Elin a'r efeilliaid? *Tair*? Wnewch chi byth fy nal i'n chwarae efo llygoden degan – heblaw am ei chuddio'r tu mewn i sliperi fflwfflyd Modryb Ann a'i gwylio hi'n cael hartan.

Er hynny, penderfynais y byddai'n fwy o hwyl eu gwylio nhw'n dadbacio eu sanau na loetran yn y stafell ymolchi ar fy mhen fy hun.

Felly neidiais i fyny ar wely Elin.

Taflodd ei braich amdanaf. 'O, Twffyn! Mae'r Nadolig yn *ffantastig*, yn dydi? Rwyt tithau'n meddwl hynny hefyd, yn dwyt ti, er nad wyt ti'n hoffi arian siocled.'

Pwy ddwedodd 'mod i ddim yn hoffi arian siocled? Maen nhw'n sgleinio'n euraid a disglair, ac mae'n hwyl eu cicio nhw oddi ar y gwely.

Ocê, ocê! Rhowch dro yn fy nghynffon i! Efallai fod rhai o'r siocledi wedi diflannu rhwng y styllod wedi i Mr Mi-Fedra-I-Drwsio-Popeth-Fy-Hun drio trwsio'r

beipen honno oedd oddi tanyn nhw. Ai arna
i mae'r bai fod y bwlch rhwng y styllod yn
rhy gul i'm pawen?

Na. Arno *fo*.

Ond roedd cael bwyta llai o'r arian
siocled nag arfer yn golygu fod ar Elin eisiau
bwyd yn gynt. Felly i lawr â phawb am
frecwast. Rhaid deud fod 'na ddim llawer o
ysbryd y Nadolig yn dŵad i'm cyfeiriad i.
Ches i ddim cynnig brecwast arbennig gan
neb. Er mwyn cael selsig, roedd rhaid i mi
sleifio i fyny wrth ochr Trystan a neidio ar ei
lin, gan bwnio ei benelin.

Llwyddiant! Saethodd y selsigen roedd o wrthi'n ei thorri i'r llawr.

Faswn i ddim wedi neidio arni hi'n gyflymach tasa hi'n llygoden.

Da!

Penderfynais mai doethach fyddai i mi fynd â'm gwobr i'r ardd. Felly rhuthrais allan drwy'r fflap cathod.

Y peth diwethaf a glywais oedd sŵn Mr Ddim-Yn-Neis yn ei gloi'n dynn ar fy ôl i.

Wel, Nadolig Llawen i tithau hefyd!

11: *Cawodydd o fwyd*

TRA O'N I'N chwilio am ffordd yn ôl i'r tŷ, roedd yr oedolion wedi clirio'r llestri brecwast a chychwyn paratoi'r cinio Nadolig. Erbyn i mi ddod o hyd i'r unig ffenest oedd heb gael ei chloi, a gwasgu i mewn trwyddi, roedd y twrci eisoes wedi'i stwffio a'i glymu ac yn eistedd yn ddigalon ar hambwrdd, yn aros i gael ei wthio i mewn i'r popty.

Ac mae ganddyn nhw'r wyneb i hefru arna i am redeg ar ôl ambell ditw rŵan ac yn y man. Faswn i *byth* yn trin yr un aderyn fel yna.

Rhagrithwyr!

Beth bynnag, unwaith roedd o yn y popty (ac ymhell o'm gafael i) aeth y pedwar ohonyn nhw drwodd i'r parlwr at y plant, i agor eu hanrhegion.

Ro'n i wedi anghofio am y labeli hynny ro'n i – yn ddamweiniol – wedi eu fflician o dan y carped.

O-o. Dechreuodd y trwbwl fwy neu lai'n syth bin.

'Anrheg i bwy ydi hwn? Does 'na ddim byd arni'n deud.'

'Does 'na ddim label ar hwn.'

'Nac ar hwn. Na hwn.'

Allwn i ddim peidio ag edrych ychydig yn annifyr. (Do'n i ddim wedi sylweddoli 'mod i wedi fflician cymaint o labeli.) Sgrialodd y plant o gwmpas gwaelod y goeden, cyn codi'u pennau a gweryru, 'Rydan ni wedi edrych ar yr *holl* anrhegion a does 'na ddim label ar yr un ohonyn nhw.'

'Beth ydan ni'n mynd i'w wneud?'

'Bydd yn rhaid i ni *ddyfalu*.'

Weithiodd hynny ddim yn dda iawn, a chyn hir roeddan nhw'n dadlau. 'Dwi'n meddwl mai i mi mae hwn.'

'Na, cariad. Dwi'n meddwl mai Siôn Corn ddaeth â hwnna i Esyllt.'

Cwyno wnaeth Esyllt. 'Ond does arna i mo'i isio fo, Mami. Mae'n well o lawer gen i'r anrheg yma.'

'Ond Elin oedd i fod i gael hwnna.'

'Sut dach chi'n *gwbod*?'

'Am fy *mod* i, cariad.'

'Fedri di ddim darllen meddwl Siôn Corn!'

'Na chdithau chwaith!'

Doedd 'na ddim llawer o Hwyl yr Ŵyl yma. Yna dechreuodd ffrwgwd wrth i Trystan geisio cipio anrheg oddi ar tad Elin, anrheg a oedd i fod i rywun arall. Cododd y carped o dan ei esgid, and dyna lle roedden nhw – bob un o'r labeli.

Ac un neu ddau flewyn cringoch, o
'nghynffon i.

'A-*ha!*' bloeddiodd tad Elin.

Trodd pawb ac edrych arna i. Troais
innau ac edrych ar y drws. A dwi ddim yn
meddwl mai arna i oedd y bai fod mam
Elin wedi dod i mewn gyda phlatiad
anferth o deisennau bychain a danteithion
ar briciau, ar yr union eiliad yr oeddwn
i'n rhuthro am y drws.

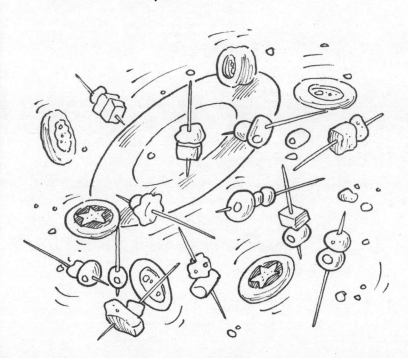

Dwi'n credu 'mod i'n lwcus iawn o fod wedi dianc, yng nghanol y gawod o fwyd.

12: Seren y sioe

COLLAIS Y CINIO. A'r golchi llestri. A'r holl ffwdan pan sylweddolodd Modryb Ann fod yna lympiau yn eisin ei theisen, a byddai'n rhaid iddi droi'r stwff eto.

Do'n i ddim am fynd yn ôl allan. Roedd hi'n oer, yn wlyb ac yn ddiflas. Felly arhosais o'r golwg, gan guddio'r tu mewn i un o welintons Yncl Breian nes i mi glywed Elin yn cerdded heibio.

'Twffi! Twff-iii!'

Codais i fyny y tu mewn i'r welinton er mwyn gweld lle roedd hi'n mynd. Clamp o gamgymeriad. Dechreuodd y welinton siglo a dyma fi'n colli 'malans.

Allan â fi, a byrlymu i'r llawr.

Sgubodd Elin fi yn ei breichiau. 'Amser y sioe,' meddai wrthyf. 'A phwy fydd y seren, sgwn i!' Rhwbiodd ei thrwyn yn fy ffwr. 'Ia – *ti*! Y ti fydd y gorau un, o bawb, gan dy fod di mor *glyfar*.'

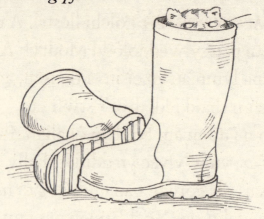

Y gorau o bawb! Mor *glyfar*! Sut allech chi redeg i ffwrdd a chuddio pan fo rhywun addfwyn fel Elin yn meddwl mai chi ydi'r peth gorau erioed? Efallai mai ysbryd y Nadolig oedd yn gyfrifol o'r diwedd, ond mwya sydyn, nes i ddechrau teimlo'n reit ddrwg am drio sleifio i ffwrdd ar ôl iddyn nhw weithio mor galed yn paentio'r ffynnon ac yn ymarfer eu caneuon, a chreu menig bach papur ar gyfer y ddwy gath degan.

Roedden nhw hyd yn oed wedi piciad drws nesa i gael benthyg dau bâr o fenig bach gwlân ar fy nghyfer i.

Sut fedrwn i eu siomi nhw i gyd?

Felly ildiais a gadael i Elin fy nghario i mewn i'r parlwr. Roedd y ffynnon gardfwrdd yno ar y mat. Roedd Trystan ac Esyllt wedi gwisgo'n barod. Roedd Modryb Ann wedi rhoi'r gorau i droi ei heisin ac wedi dodi'r bowlen gymysgu'n ddiogel ar y llawr y tu ôl i'r soffa.

Setlodd yr oedolion i gyd ar y soffa, yn barod i wylio. Roedd hyd yn oed y dylwythen deg fawr, dew honno ar ben y goeden yn edrych fel tasa hi'n craffu i lawr gan ddisgwyl i'r sioe gychwyn.

'Barod?' gofynnodd Esyllt.

Pam lai? meddyliais. Beth oedd yn bod gyda gneud rhywbeth neis i Elin? A gneud y gorau o bethau, gan droi eu sioe fach sisi-wisi wirion yn *gampwaith?*

Eu WAW-io nhw! Eu syfrdanu nhw â'm doniau actio rhyfeddol! Rhoi help pawen i'r Tri Thebot Hurt, a rhoi andros o syrpréis i'r oedolion!

Twffyn, y Gath Dalentog. Seren y Sioe.

Dechreuodd popeth yn wych. 'Dwi'n Caru Pwsi Fechan' ddaeth yn gyntaf. Pan ddaliodd Elin ei phen yn giwt ar un ochr, daliais innau fy mhen yn giwtach fyth i'r ochr arall. Syllais yn gariadus i mewn i'w llygaid. Mi wnes i ganu grwndi, hyd yn oed. Mae'n hen dro fod yr addurniadau i gyd ar ben y goeden – fyddan nhw ddim i'w gweld yn y lluniau. Er hynny, pâr bach hynod o ddel oedd Elin a fi, ac oni bai am ei llais brân hi, basa'r darn yna o'r sioe

yn *berffaith*. Yn sicr, ro'n *i'n* ardderchog.
Cafodd ei thad dipyn o syrpréis. Ac roedd
Yncl Breian a Modryb Ann yn curo'u
dwylo fel ffyliaid pan orffennodd y gân.

Yna daeth 'Canwch Gloch, Gyfeillion'.
Llwyddiant ysgubol arall. Gadewais
iddyn nhw fy ngosod yn y ffynnon, yna
swatiais i lawr a chuddio, fel tasa hi'n un
ddofn iawn. Mewiais ychydig drwy'r
pennill cyntaf, gan wneud i'm llais

swnio'n ddigalon ond gyda thinc cerddorol. Golygfa deimladwy iawn.

Yna daethom at y rhan lle roedd Trystan yn fy nhynnu o'r ffynnon, a phan rwbiais fy mhen o dan ei ên fel cath ddiolchgar iawn, sylwais ar Fodryb Ann yn sychu deigryn o'i llygad.

Fe wnaethon ni i gyd foesymgrymu ar ôl y gân honno. Pan ddaeth y curo dwylo i ben o'r diwedd, symudon ni ymlaen at y drydedd sioe, a'r olaf: 'Tair Cath Fach Unig'.

Gosododd Esyllt y ddwy gath degan ar y carped. Gofalodd Elin a hi fod eu menig papur amdanyn nhw'n dwt. Yna, dynnon nhw fenig bach gwlân y Babi-Drws-Nesa dros fy mhawennau i.

Dyna i chi seren! Wnes i ddim *gwingo*, hyd yn oed. Yn hytrach, daliais bob pawen allan er mwyn eu helpu nhw. Cafodd tad Elin dipyn o sioc o 'ngweld i'n ymddwyn mor fwyn a hawddgar. Ond ddywedodd o ddim byd, 'mond eistedd yno, gan edrych yn ddrwgdybus, fel arfer.

Ac i ffwrdd â ni. Yn gyntaf, neidiais o gwmpas er mwyn dangos fy menig i bawb. Yna dechreuodd Elin, Trystan ac Esyllt ganu'r pennill cyntaf:

'*Tair cath fach unig a gollodd eu menig.*'

Tynnon nhw'r menig papur oddi ar draed y cathod tegan a diflannais y tu ôl i'r soffa i gicio fy rhai i o'm pawennau.

Ond yn anffodus, ciciais fy menig yn rhy galed, a diflannon nhw o dan y soffa.

Yr holl ffordd oddi tani. Yn rhy bell i mi fedru eu tynnu'n ôl i'w hailwisgo ar gyfer diwedd y perfformiad.

Doedd wiw i mi darfu ar y sioe, felly rhuthrais yn ôl mewn pryd i rwbio fy llygaid â'm pawennau wrth i Trystan ac Esyllt ac Elin ganu, '*A dechreuon nhw i gyd grio.*'

Tro Elin oedd hi rŵan i actio rhan Mam
y Cathod, yn ein dwrdio ni.

*'Be? Wedi colli'ch menig? O, gathod bach drwg!
Chewch chi ddim pastai yn awr!'*

Roedd yn amser i mi roi fy menig yn ôl
amdanaf. I ffwrdd â fi i gefn y soffa. Ond
doedd gen i ddim gobaith caneri. Hyd yn
oed wrth ymestyn, methais yn lân â'u
cyrraedd nhw.

Wel, dewch ta, chwi Bennau Mawrion i gyd, sy'n darllen hwn. Beth fasach *chi* wedi'i wneud? Rhoi'r ffidil yn y to?

Nid y fi! Do'n i ddim am ddifetha'r sioe. Yr unig beth roedd arna i angen oedd pedair maneg fach. Ac yno, reit wrth fy ochor, roedd powlen yn llawn eisin ar gyfer y deisen.

Yn wyn fel eira. Nid yn rhy fas. Nid yn rhy ddwfn.

Wedi'r cyfan, fi oedd Seren y Sioe.

13: Y dylwythen deg
newydd

OCÊ, OCÊ, FELLY mi es i badlo yn eisin y deisen. Syniad gwych, meddyliais. Pan gerddais i mewn i'r sioe, edrychai'n union fel taswn i wedi rhoi'r menig bach gwynion yn ôl amdanaf, ar ben fy hun bach.

Sylwodd neb i gychwyn. Roedd Elin, Trystan ac Esyllt yn brysur yn canu.

'*A'r cathod bach unig ddaeth o hyd i'w menig.*'

Pranciais o gwmpas. Dyna oedd fy nghamgymeriad mawr, oherwydd ni fedrai mam Elin beidio â sylwi fy mod i'n gadael olion traed – olion traed eisin gwyn – dros y carped i gyd.

Pwyntiodd. 'Drychwch!'

Peidiodd y canu.

'Drychwch ar y llanast mae Twffyn yn ei wneud!' meddai mam Elin. 'Beth ydi hwnna ar ei bawennau?'

'Mae'n edrych fel . . .' Safodd Modryb Ann a brysio rownd at gefn y soffa. Clywsom sgrech uchel. Swniai'n union fel trên cyflym yn dod i stop sydyn wrth i'r golau gwyrdd droi'n goch.

Cododd Modryb Ann y bowlen a'i dal i fyny er mwyn i bawb fedru'i gweld.

'Drychwch! Drychwch ar fy eisin! Wedi'i ddifetha! Yn un slwj i gyd, ac yn llawn o olion pawennau!'

Aeth tad Elin yn lloerig. 'Y gath felltith yna! O, mae o wedi mynd yn rhy bell y tro hwn! Dwi'n deud wrthoch chi, cyn gynted ag y bydd swyddfa'r milfeddyg yn ailagor ar ôl y Nadolig, dwi am fynd â Twffyn yno er mwyn . . .'

'Na!' Rhuthrodd Elin am ei thad ond, wedi'i dallu gan ei dagrau, trawodd yn erbyn Trystan. Trawodd hwnnw yn erbyn ei chwaer, a syrthiodd honno i mewn i'r ffynnon. Gwyddwn, petai tad Elin yn cael gafael arna i, byddai hi'n amen arna i. Felly, tra oedd coesau a breichiau Elin a Trystan dros y lle i gyd, anelais am y drws.

Ond roedd Mr Dwi-Wedi-Cael-Digon yn sefyll yn y ffordd. Felly rhuthrais o'r golwg y tu ôl i'r soffa. Yna, wrth i Elin ei thynnu'i hun yn rhydd a dechrau gweiddi ar ei thad – 'Gadwch chi lonydd i Twffyn druan! Dach chi'n pigo arno fo *drwy'r amser!*' – sleifiais o dan y goeden. Doedd yno ddim peli lliwgar ar ei gwaelod i mi fedru cuddio y tu ôl iddyn nhw, felly dringais i fyny'r cefn, fesul brigyn, yn uwch ac yn uwch, tra oedd pawb yn brysur yn trio cael trefn arnyn nhw'u hunain, a chysuro Modryb Ann, a brysio i chwilio am glytiau er mwyn glanhau'r olion traed eisin.

Ro'n i bron iawn ar ben y goeden rŵan. Ond roedd tylwythen deg gardfwrdd, dew Elin ar frigyn uwch na fi.

Yna meddyliais am ffordd wych o guddio. Edrychais i fyny ar Mrs Wyneb-Tomato ar ben y goeden. 'Dyma'r diwedd i ti, Blodyn!' dywedais wrthi. 'Rwyt ti wedi gweld dy ddyddiau gorau, 'rhen hogan. Rŵan, cer o'r ffordd. Y fi fydd y dylwythen deg Nadolig newydd.'

Gwthiais bawen drwy ei bol rholyn papur tŷ bach. Syrthiodd ei hwyneb tomato gwirion i ffwrdd gan fownsian i lawr y brigau.

Crîpi!

Ond doedd dim amser gen i loetran yno'n crynu. Gwthiais fy mhen yn sydyn i fyny'r rholyn cardbord, gan wneud fy ngorau i edrych mor llywaeth ag yr oedd y dylwythen deg wedi edrych ers blynyddoedd.

Wrth sbio'n ôl, yn bersonol dwi'n meddwl fod y ffriliau gwyn wedi fy siwtio i'r dim, ac ro'n i'n edrych yn *neis* ynddyn nhw. Hen dro na chawson nhw gyfle i dynnu llun iawn o'u hannwyl Dwffyn fel y dylwythen deg newydd ar ben y goeden. Baswn i wedi mwynhau ei ddangos i'm mêts.

Ond roedd tad Elin yn iawn. Doedd y goeden ddim yn unig yn noeth ar y gwaelod: roedd hi'n rhy drwm ar ei phen.

Yn orlawn.

'Pendrwm' ydi'r gair amdani.

Dechreuodd ddisgyn. Roedd hyn yn waeth na bod yn y welinton, gan fy mod i'n uwch o lawer. Roedd fel bod reit ar ben y mast uchaf ar hen long hwylio, a hynny yng nghanol storm.

Cymerodd sbelan i'r goeden syrthio. Roedd pawb yn ffysian ac yn gweiddi.

'Camwch yn ôl!'

'Mae'r goeden yn syrthio!'

'Gwyliwch!'

'Drychwch ar y llanast yma!'

'Ein ffynnon fach hardd – yn fflat fel crempog!'

'Does yna'r un o'r addurniadau ar ôl! Pob un wan jac ohonyn nhw wedi chwalu'n rhacs jibidêrs!'

'Dwi'n gleisiau i gyd!'

'Lle mae'r gath felltith yna?'

Wel, ro'n i ar y llawr, debyg iawn. Bron iawn mor fflat â'r ffynnon, ac yn dal i smalio bod yn dylwythen deg. Ond cefais fy mradychu gan fy nghlustiau. Does dim

clustiau bach blewog, pigog, cringoch
gan dylwyth teg Nadolig.

Felly dyna egluro sut y bu i mi dreulio
gweddill y diwrnod hwnnw, a'r diwrnod
wedyn, dan glo yn y garej. Ro'n i'n cael
aros yn stafell wely Elin dros nos, ond
cefais fy sodro'n ôl yma wedyn nes bod yr
ymwelwyr yn mynd yn ôl adref pnawn
'ma, pan fo'r Nadolig drosodd.

Dim ots gen i. Yn wir, dwi'n meddwl fy mod i wedi dod allan o'r ffrae yma efo'i thad yn reit dda. Wedi'r cwbwl, o gofio fod Mr-Awn-Ni-Â-Twffyn-At-Y-Milfeddyg yn gaeth yn y tŷ, ac yn dal wrthi'n pigo darnau bychain o addurniadau Nadolig o'r carped, ac yn golchi'r llestri i gyd, mae pethau'n o lew arna i. Mae hopyrs sy wedi'u rhwygo'n bethau digon cyfforddus i ddiogi arnyn nhw. A chan fod y gwyfyn hwnnw wedi dod yn ei ôl, mae gen i rywun i chwarae efo fo, hyd yn oed. Yn sicr, mae hyn yn well o lawer na bod yn y tŷ.

Ond wedi deud hynny, fydda i ddim yn cyfri'r dyddiau tan y 25ain o Ragfyr y flwyddyn nesa. Ydach chi'n cofio'r cwestiwn ofynnoch chi i mi ar y cychwyn? 'Annwyl Twffyn bach, *pam* oedd dy Nadolig yn un mor ofnadwy?'

Wel, fydd dim rhaid i chi ofyn eto, yn na fydd?

Oherwydd rydach yn gwbod rŵan.

Ymuna â Twffyn am fwy
o anturiaethau yn

Parti Pen-blwydd y Bwsi Beryglus

Mae'n Hydref 31
- noson Calan Gaeaf -
ac mae'n ben-blwydd Twffyn hefyd.
Y rheswm perffaith dros gael parti!

1: *Nid fy mai i*

OCÊ, OCÊ! Rhowch slap i mi ar draws fy nhintws bach blewog. Mi wnes i gynnal parti.

Dowch ymlaen. Rhowch domen o dabledi sorri i mi. Mi drodd yr holl beth yn dipyn o lanast.

Wel, yn fwy na mond llanast. Trychineb.

Wel, yn fwy na mond trychineb. Reiat go iawn.

Ond *nid arna i* oedd y bai. Tasa Elin ddim wedi syrffedu cymaint nes iddi fynd i chwilota drwy'r cwpwrdd a dod o hyd i'r hen albwm lluniau hwnnw, yna faswn i'n gwybod dim am ddyddiad fy mhen-blwydd. Basa dim byd o gwbwl wedi digwydd.

Felly rhowch y bai ar Elin. Nid arna i.

Yn yr un gyfres . . .